AF349088

Analyse de l'œuvre

Par Agnès Fleury
et Marie-Sophie Wauquez

Rouge Brésil

de Jean-Christophe Rufin

lePetitLittéraire.fr

Rendez-vous sur lepetitlitteraire.fr et découvrez :

Plus de 1200 analyses
Claires et synthétiques
Téléchargeables en 30 secondes
À imprimer chez soi

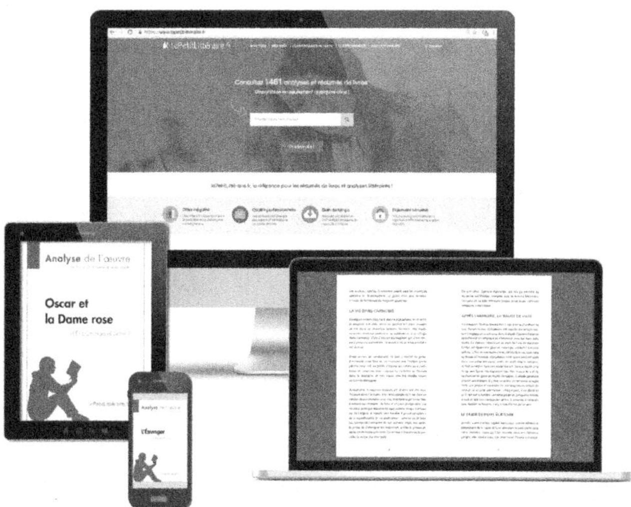

JEAN-CHRISTOPHE RUFIN

ÉCRIVAIN, HISTORIEN, MÉDECIN ET DIPLOMATE FRANÇAIS

- **Né en 1952 à Bourges (Cher)**
- **Quelques-unes de ses œuvres :**
  - *Le Piège humanitaire* (1986), essai
  - *L'Abyssin* (1997), roman
  - *Check-point (2015), roman*

Médecin de formation, Jean-Christophe Rufin s'engage très tôt dans l'humanitaire. Il occupe des postes à responsabilités au sein de Médecins sans frontières, la Croix-Rouge française ou Action contre la faim, dont il est président de 2002 à 2006.

Également diplômé de l'institut d'études politiques de Paris, il mène en parallèle une carrière dans les ministères et la diplomatie française, et commence à se faire connaitre grâce à ses essais (*Le Piège humanitaire* et *L'Aventure humanitaire*

[1994]). À deux reprises, il s'expatrie au Brésil comme attaché culturel auprès de l'ambassade de France. De 2007 à 2010, il est ambassadeur de France au Sénégal et en Gambie.

Toutefois, c'est surtout pour sa carrière littéraire que Jean-Christophe Rufin est aujourd'hui connu. Il obtient le prix Goncourt du premier roman en 1997 pour *L'Abyssin* et le prix Goncourt en 2001 pour *Rouge Brésil*. En 2008, il est élu à l'Académie française, dont il devient le plus jeune membre.

ROUGE BRÉSIL

UN ROMAN HISTORIQUE ET INITIATIQUE

- **Genre :** roman
- **Édition de référence :** *Rouge Brésil*, Paris, Gallimard, coll. « Folio », 2003, 601 p.
- **1re édition :** 2001
- **Thématiques :** histoire, initiation, choc des civilisations, amour, religion

Expatrié au Brésil en 1989, Jean-Christophe Rufin a très tôt l'idée, en amateur d'histoire, de consacrer un livre à un épisode méconnu de la Renaissance : l'échec de la tentative française de conquête et de colonisation du Brésil.

Conduites par un chevalier de Malte, Nicolas Durand de Villegagnon (militaire et explorateur français, 1510-1571), l'expédition de 1555, puis la fondation de la colonie de la « France antarctique » ont tourné court dès 1560, laissant les Portugais seuls maitres des lieux.

C'est toutefois en tant que romancier que Jean-Christophe Rufin livre sa version de l'histoire, à travers le récit du destin de Just et de Colombe, deux adolescents français entrainés malgré eux dans l'expédition pour servir d'interprètes auprès des populations locales. Le titre du roman, *Rouge Brésil*, est une référence au bois Brésil, découvert dans ce pays et dont on extrait notamment une teinture rouge. Le roman est adapté à la télévision française en 2013 par Sylvain Archambault (cinéaste québécois, né en 1964).

RÉSUMÉ

Pour son épopée, Jean-Christophe Rufin choisit comme fil conducteur les destins de ses deux personnages principaux, Just et Colombe.

Il fait correspondre le bref temps que dure l'expédition de Villegagnon à la période de leur vie qui, d'enfants, les voit devenir des adultes, surs de leur identité et de leurs choix.

UNE PÉNIBLE TRAVERSÉE

En 1555, Nicolas Durand de Villegagnon, vice-amiral de Bretagne et chevalier de Malte, monte une expédition à destination du Brésil au nom du roi de France, Henri II (1519-1549). Ce voyage a pour objectif, en cette époque de grandes découvertes, d'assoir la présence française sur de nouvelles terres en y établissant une colonie, « le royaume de la France antarctique ». D'emblée, l'entreprise s'annonce périlleuse : les Portugais, alors ennemis des Français, y sont implantés depuis 1494.

Recrutés par les deux officiers de confiance de Villegagnon, Le Thoret et dom Gonzagues, les membres de l'équipage – exclusivement masculin – des trois bateaux qui composent la flotte sont des volontaires ou des prisonniers. Et, à une époque où les tensions interreligieuses sont à leur apogée, les prisonniers protestants, persécutés à cause de leur foi, sont nombreux.

Parmi les hommes embarqués se trouve Vittorio, un meurtrier italien qui a négocié sa liberté avec le diplomate vénitien Cadorim, en échange de son aide en tant qu'espion à la solde des Portugais. Sont présents également de très jeunes gens voués à devenir, sur place, des « truchements », c'est-à-dire des interprètes entre les colons et les Indiens autochtones.

Parmi eux, Just et Colombe, un frère et une sœur orphelins, dont la présence à bord repose sur une tromperie : afin de se débarrasser de cette parentèle encombrante, leur tante par alliance les a livrés à dom Gonzagues. Persuadés d'aller retrouver leur père, François de Clamorgan, disparu lors des campagnes d'Italie (1494-1559), Just et Colombe acceptent de dissimuler leur identité, leur âge et le sexe de la jeune fille.

Sur le bateau parti du Havre, les « truchements » sont recrutés comme mousses. Just ne tarde pas à se faire remarquer en se battant contre Martin, un autre mousse, et finit par être enfermé dans l'une des cales du bateau.

Désespérée, Colombe doit survivre seule. Elle se lie alors d'amitié avec Quintin, un petit homme qu'elle a rencontré lors d'une tempête. Le protestant, condamné pour sa religion peu orthodoxe de l'amour, aime lire et partage cette passion avec la jeune fille.

Pour faire sortir son frère des cales où il est enfermé, Colombe, qui se fait appeler Colin, révèle à Villegagnon leur identité (mais non son sexe). Celui-ci, grand ami de leur père, décide de faire d'eux ses secrétaires personnels et les place sous sa protection.

La traversée est marquée par les aléas de la navigation, les privations et les maladies. C'est donc à bout de ressources et de forces que l'équipage aborde, après trois mois et demi de voyage, une ile qui fait face à la baie de Guanabara (Brésil). Villegagnon décide d'y installer un fort.

LA VIE À LA COLONIE

Tandis que les travaux commencent sur l'ile, Villegagnon se rend sur le continent avec ses hommes.

Il y rencontre Le Freux, un Français installé sur place de longue date et qui a gagné la confiance de certaines tribus indiennes. Il propose aux colons d'organiser les échanges entre eux et les autochtones et, notamment, de leur fournir des provisions, moyennant un paiement.

La vie sur l'ile s'organise. Tous les hommes sont requis pour construire le fort. Vittorio organise, en collaboration avec Le Freux, un trafic d'alcool et d'esclaves (notamment de femmes autochtones). Villegagnon s'improvise précepteur de Just, le formant dans les domaines intellectuels et physiques grâce à l'étude et au maniement des armes.

L'ambiance dans la colonie ne tarde pas à se dégrader. Les mœurs se relâchent, le mécontenttement gronde parmi les colons qui se plaignent de leurs conditions de vie, et Le Freux, aidé de Martin, se montre hostile. Face à ces menaces

contre l'ordre qu'il souhaite établir, Villegagnon écrit à Jean Calvin (réformateur français, 1509-1564), son ami, pour qu'il lui envoie des renforts.

Un an plus tard, la flotte envoyée de Genève (Suisse) par Calvin et commandée par du Pont (explorateur français calviniste et huguenot, 1500-1560) accoste sur l'ile avec, à son bord, un pasteur pour les offices religieux et quelques femmes destinées à devenir les premières épouses des colons. Just tombe sous le charme de l'une d'entre elles, Aude. Villegagnon, de son côté, pense qu'un nouveau départ est possible pour son ile : il ne tardera pas à découvrir qu'il s'est lourdement trompé.

LA DÉCOUVERTE DES TERRES ET DES AUTOCHTONES

À la demande de Villegagnon, Colombe se porte volontaire pour se rendre sur le continent, à la rencontre d'autres tribus, afin d'étudier leurs mœurs et leur langue. Très vite, accompagnée de quelques soldats, elle découvre un village indien qui accepte de l'accueillir parmi eux. Laissée seule par les soldats, elle s'intègre parfaitement et se laisse séduire par son nouveau mode de vie, plus libre et plus proche de la nature.

Rentrée ensuite au sein de la colonie dans laquelle elle ne trouve pas sa place, Colombe préfère repartir dans le village indien. Mais celui-ci ayant été décimé par la maladie, la jeune fille s'enfonce dans le continent et découvre, dans la forêt de Tijuca, une tribu élargie dirigée par le sage Pay-Lo, un Européen presque assimilé aux Indiens.

La rupture étant établie entre Just et Colombe, celle-ci, jalouse de l'engagement de Just auprès d'Aude, décide de quitter définitivement la colonie pour rejoindre les Indiens de Pay-Lo. Elle abandonne ses vêtements et apprend à chasser, adoptant définitivement leur mode de vie.

Deux déclarations majeures achèvent de convaincre Colombe que sa place est dorénavant parmi les Indiens. Le Thoret, qui a fui l'ile après une altercation avec Villegagnon, la retrouve pour lui révéler le secret de ses origines : ayant été adoptée, elle n'est pas la fille de Clamorgan ni, par conséquent, la sœur de Just.

Stupéfaite d'apprendre que ses sentiments pour le jeune homme ne sont pas contre nature, Colombe lui garde néanmoins rancune de ne pas le lui avoir dit lui-même. Après un long déclin, Pay-Lo s'éteint en la désignant comme son héritière spirituelle.

UN CONFLIT INÉVITABLE

L'arrivée des protestants genevois crée de nouvelles dissensions, religieuses cette fois. Comme en Europe, l'écart se creuse entre catholiques et protestants. Après de vains débats, des provocations entre les deux camps et des incidents – Aude et sa tutrice sont agressées par des esclaves indiennes envoyées par Colombe –, la scission est consommée.

Villegagnon prend le parti des catholiques et demande aux calvinistes de quitter l'ile. Profondément marqué par l'échec auquel sa colonie semble désormais vouée, il agit en chef autoritaire et s'isole.

Pendant ce temps, dans la colonie, la situation dégénère. Sur la côte, Martin a remplacé Le Freux à la tête des échanges commerciaux entre l'ile et le continent. Devenu riche et puissant, il se conduit en tyran et s'acoquine avec les Portugais (le gouverneur Mem de Sà [1500-1572]) pour récupérer l'ile et tuer Villegagnon. Vittorio, quant à lui, joue un rôle d'agent double pour Villegagnon et les Portugais.

Avant l'embarquement forcé des protestants pour quitter l'ile, Aude, usant de ses charmes, demande à Just d'assassiner Villegagnon. Comme il refuse, elle le poignarde. Après quelques incidents, les protestants survivants parviennent tant bien que mal à embarquer pour l'Europe.

LE CALME AVANT LA TEMPÊTE

S'il permet à Just de se remettre de sa blessure, le calme suivant cet épisode violent est toutefois de courte durée. Désormais convaincu de l'échec de la France antarctique, Villegagnon décide lui aussi de regagner l'Europe et confie au jeune homme le commandement de l'ile. Bien que soulagé par le départ de celui dont il ne supportait plus la cruauté et l'étroitesse d'esprit, Just doit faire face à de nouvelles difficultés : une épidémie décime une partie de la population et une flotte portugaise ennemie approche de l'ile.

Informé des nouvelles responsabilités de Colombe auprès des Indiens, Just part pour le continent afin de lui demander son aide. Ils se réconcilient et acceptent enfin, libérés des interdits de l'inceste, de laisser leur amour éclater au grand jour.

Lorsque les bateaux portugais du gouverneur Mem de Sà entrent dans la baie de Guanabara pour attaquer l'ile au canon, ils découvrent, stupéfaits, que celle-ci est déserte : les Français, aidés des Indiens, sous le commandement conjoint de Just et Colombe, ripostent depuis la terre ferme.

Cette résistance durera plus d'un demi-siècle. Mais les colons portugais se maintiendront à Guanabara et y fonderont Rio de Janeiro en 1567. Pendant ce temps, en Europe, éclateront les guerres de Religion (1562-1598), auxquelles Villegagnon, fer de lance du clan catholique, prendra une large part.

ÉTUDE DES PERSONNAGES

LES JEUNES HÉROS

Just et Colombe de Clamorgan ont respectivement 15 et 13 ans lorsqu'ils sont embarqués contre leur gré sur les bateaux en partance pour le Brésil. Frère et sœur (pense-t-on), orphelins d'un père de haute naissance mais ruiné, ils n'ont jamais connu de stabilité que l'un auprès de l'autre et se vouent dès lors un amour sans limites (« Amour, amour [...] je serai toujours auprès de toi », p. 31). Très dépendants l'un de l'autre au début de l'aventure, ils gagnent en autonomie et révèlent leurs différences de caractère au cours de leurs parcours individuels – l'un sur l'ile, l'autre sur le continent.

Just

Just est « le plus beau garçon de l'île » (p. 222). Habité d'idées chevaleresques, il se révèle, sous la protection de Villegagnon, doué pour le maniement des armes, le commandement des hommes et les arts de l'esprit. Mais contrairement à l'amiral, les difficultés qu'il rencontre ne font qu'accroitre sa droiture, ses qualités morales et humaines. Il prend alors ses distances avec son ancien maitre, refusant de cautionner ses penchants tyranniques.

Ses relations avec les femmes le laissent en revanche plus hésitant. S'il se laisse d'abord charmer par Aude, il n'accepte de l'épouser que par convenance (en signe de paix entre les catholiques et les protestants). À l'égard de Colombe (dont il ignore qu'elle n'est pas sa sœur), il ressent un certain trouble et s'interdit longtemps de penser à elle comme à une femme. C'est finalement elle qui le convainc que leur amour est naturel.

Colombe

Colombe, qui n'est qu'une enfant au début de l'histoire et accepte de se travestir durant la traversée en mer, s'affranchit dès son arrivée chez les Indiens. Elle devient peu à peu une très belle jeune femme (« cette beauté de plus en plus faite, longue et mince, florentine », p. 301), dont les attraits physiques traduisent l'intensité intérieure : ses yeux, « qui sembl[ent] à la fois regarder en dedans et refléter l'âme de ceux qu'ils contempl[ent] » (*ibid.*), lui valent d'ailleurs le surnom d'Œil-soleil.

Humaine, curieuse et très ouverte quant à la culture indienne qu'elle découvre et adopte en partie, elle possède également une force de caractère peu commune. Sa rencontre avec Pay-Lo agit comme une révélation qui lui permet de s'émanciper complètement, jusqu'à chasser aux côtés des hommes des tribus. Colombe est également plus lucide que Just sur leurs sentiments : « Aujourd'hui je suis sage. Et après, j'épouserai mon frère. » (p. 241)

LES FIGURES TUTÉLAIRES

Villegagnon et Pay-Lo jouent le rôle de figures tutélaires auprès des deux jeunes héros orphelins. Ce sont eux qui leur transmettent leur savoir, avant de leur laisser la main sur leur domaine respectif.

Villegagnon

Chevalier de l'ordre de Malte et vice-amiral de

Bretagne, Nicolas Durand de Villegagnon vit son expédition au Brésil comme une mission politique et spirituelle. En effet, en établissant une colonie aux Amériques, il compte apporter aux populations locales le soutien de la civilisation européenne et de la religion catholique : « Apporter les secours de la civilisation dans ces contées de cannibales était une entreprise juste, glorieuse, nécessaire. » (p. 287) Toutefois, la suite de l'aventure montre qu'il se soucie en réalité fort peu des autochtones, qu'il réduit en esclavage dès que l'occasion se présente. Cette colonisation sert donc bien davantage son ambition personnelle qu'un but humaniste.

Une fois son échec avéré, il s'empresse de rentrer en France pour s'engager auprès du roi qui combat les huguenots dans les guerres de Religion. Ce colosse « dominant d'une tête tous les autres » (p. 117), au verbe haut et au gout marqué pour l'apparat, sait imposer le respect. Fin lettré, il gagne dans un premier temps l'estime de Just, qui voit en lui un véritable humaniste : « On le voyait lire, bien droit, immobile, de grands ouvrages. » (p. 134) Mais, face aux difficultés et aux conflits qui surviennent, il se laisse gagner par le découragement et dévoile un autre aspect de sa personnalité, se transformant peu à peu en un tyran incapable de composer avec ses opposants.

Pay-Lo

Laurent de Mehun (Pay-Lo ou le père Laurent pour les Indiens) est un Français installé au Brésil avant même l'arrivée des Portugais (« le plus vieil Européen de cette contrée », p. 338). Ce sage s'est installé parmi les Indiens de la forêt de Tijuca et, s'inspirant de leur mode de vie tout en conservant une grande liberté d'esprit, s'est fait accepter d'eux. Respecté pour sa bonté, il est également tout-puissant sur le continent (« Les Indiens me racontent tout. Ils me connaissent », *ibid.*) et accepte de devenir l'allié de la colonie, à la demande de Colombe. Celle-ci, émerveillée par cet homme « d'une grande sagesse et d'une magnifique bonté » (p. 310), apprend de lui la tolérance et la manière de combiner le meilleur des deux civilisations, indienne et européenne.

LES COLONS

Exclusivement masculins et censés représenter tous les corps de métiers, les membres de l'expédition de Villegagnon proviennent pour l'essentiel des prisons de France. Ce qui n'est pas sans conséquence sur la bonne marche de la colonie : engagés sans l'être, ces hommes n'ont aucune motivation, et ceux d'entre eux qui ne s'enfuient pas tombent dans la déchéance (alcoolisme, viols perpétrés sur des Indiennes, etc.).

Parmi eux, au haut commandement, se trouvent deux compagnons fidèles de Villegagnon : les chevaliers Le Thoret et dom Gonzagues de la Druz. Vétérans des guerres d'Italie, ce sont deux figures de la vieille Europe éprise de croisades et de chevalerie.

Ne se retrouvant ni l'un ni l'autre dans le nouveau combat de Villegagnon, ils l'abandonnent et connaissent deux destins contraires. Le premier s'enfuit de la colonie pour rejoindre un autre comptoir français, tandis que le second meurt seul dans le fort Coligny, sous le feu portugais.

LES FRANÇAIS EXTÉRIEURS À LA COLONIE

Gaultier, dit Le Freux, est le premier contact français des colons sur le continent. Ancien naufragé, il vit là depuis une dizaine d'années, a appris la langue des Indiens et sert d'intermédiaire entre eux et les quelques comptoirs commerciaux français qui se sont implantés au Brésil.

Martin est un jeune voleur du Havre, embarqué avec Villegagnon en qualité de « truchement » pour échapper à la misère. Débrouillard, mais veule et sournois, il s'oppose à Just, puis à Villegagnon, à qui il voue une haine tenace. Après avoir rejoint les rangs du Freux, il prend sa place à sa mort et devient un brigand riche et tyrannique.

L'un et l'autre sont des personnages de basse extraction, avides de richesse et de pouvoir. Leur intégration au milieu des Indiens a lieu non pas dans la compréhension, mais dans la violence et l'asservissement.

Par conséquent, ils connaissent l'un et l'autre l'insécurité et la peur. Tous deux subissent d'ailleurs une mort violente, victimes de leur avidité et de leur besoin de reconnaissance.

LES PROTESTANTS

Ils se divisent en plusieurs groupes, tout comme la Réforme engendre, dans l'Europe du XVIe siècle, différents courants :

- **les anabaptistes.** Issus du courant le plus radical de la Réforme, ce sont quelques prisonniers de la flotte de Villegagnon qui s'échappent de l'ile pour adopter une vie sauvage sur le continent. Ne reconnaissant aucun ordre et pratiquant à l'occasion le cannibalisme, ils font régner une terreur diffuse et s'en prennent notamment aux calvinistes lorsque ceux-ci sont bannis de l'ile ;
- **les calvinistes.** Venus de Genève, ils répondent à l'appel de Villegagnon pour l'aider à maintenir l'ordre et la morale dans sa colonie. Ces hommes et ces femmes arrivent au Brésil sous l'autorité du ministre Philippe de Corguilleray (ou du Pont) et la direction spirituelle du pasteur Pierre Richer (protestant et calviniste français, 1506-1580). L'enthousiasme de Villegagnon à leur arrivée se mue rapidement en mépris lorsque l'amiral se heurte à la volonté de gouverner de du Pont et à la rigueur

de l'orthodoxie calviniste de Richer. Nulle entente avec les catholiques ne semble possible pour ces deux hommes qui restent campés sur leurs positions.

Parmi les calvinistes genevois se trouve également Aude Maupin, la nièce de Richer. Belle, hautaine, d'apparence fragile et délicate, c'est également une femme manipulatrice et autoritaire. Elle use sans scrupule de ses charmes pour obtenir la position qu'elle désire : devenir l'épouse de Just, qu'elle pense être le futur gouverneur de l'ile.

Pour parvenir à ses fins, elle n'hésite pas à mentir, à simuler des sentiments et, au mépris de toute pudeur, à se jeter dans les bras du jeune homme pour le faire agir à sa guise. Lorsque celui-ci lui résiste, elle le poignarde. Enfin, dans les situations délicates, elle fait preuve d'une force morale et d'une autorité redoutables. Ainsi, c'est elle qui organise le retour des protestants bannis en Europe.

Huguenot, Quintin, petit homme très sensible, devient le protecteur et l'ami de Colombe dès le début de l'expédition. Par fidélité, il l'accompagne parmi les Indiens. Protestant peu orthodoxe, il pratique une sorte de religion de l'amour où la sexualité tient une grande part.

LA RÉFORME AU XVIᵉ SIÈCLE

La Réforme, mouvement qui s'est étendu de 1517 à 1570, correspond à une période de renouvèlement radical du christianisme, opposant les réformes protestantes face à l'Église catholique. Cet évènement conduit à une scission entre d'un côté les pays germaniques, britanniques et scandinaves, et de l'autre l'Église romaine.

La crise de l'Église catholique est due à une rupture culturelle qui se forme entre le Moyen Âge et la Renaissance, ainsi qu'à une prise de conscience de l'immoralité de l'Église institutionnelle dont les actions s'écartent des idéaux qu'elle prêche.

Les réformes protestantes se divisent en plusieurs tendances. La réforme luthérienne, menée par Martin Luther (moine allemand de l'ordre des augustins, 1483-1546) est celle qui inaugure cette période de contestations. Certains réformateurs allemands mènent leur combat encore plus loin, créant un courant réformateur radical : les anabaptistes. Vient ensuite la réforme calviniste, menée par Jean Calvin. Il crée une Église protestante plus sévère que celle de Luther. Enfin, le roi Henri VIII met en place la réforme anglicane.

Suite à ces nombreux évènements qui constituent la Réforme protestante, l'Église catholique initie sa propre réforme ou Contreréforme, ce qui conduit à des polémiques antiprotestantes et anticatholiques, ainsi qu'aux guerres de Religion.

VITTORIO

Vittorio est un personnage singulier. Prisonnier italien, il appartient à la république de Venise et, pour reprendre sa liberté, accepte de faire le jeu de son compatriote diplomate, Bartolomeo Cadorim. Il devient alors un espion dormant des Portugais dans la colonie française, attendant le bon moment pour intervenir.

Ses talents pour l'intrigue et le mensonge font de lui l'homme de toutes les manigances : on le voit intervenir dans le trafic d'alcool et de femmes de Le Freux, à l'occasion de la tentative d'assassinat de Villegagnon par Martin et, finalement, lors de l'arrivée des Portugais. Villegagnon lui-même tente de l'utiliser comme agent double auprès de Martin.

CLÉS DE LECTURE

UN ROMAN HISTORIQUE

Dans le dossier placé à la fin du roman « À propos des sources de *Rouge Brésil* » (p. 597), Jean-Christophe Rufin établit l'origine de son roman en disant que « le plus surprenant dans cette histoire est qu'elle [est] vraie ». Basé sur des faits avérés, *Rouge Brésil* est en effet un roman très documenté qui s'inspire de plusieurs sources historiques, notamment du journal de voyage de l'un des protestants de l'expédition de Villegagnon, Jean de Léry (voyageur et écrivain français, vers 1536-vers 1613) : *Histoire d'un voyage fait en la terre de Brésil et à notre époque* (1578).

Jean-Christophe Rufin cite à plusieurs reprises les noms de grands personnages de l'Europe de la Renaissance, tels que Charles Quint (empereur germanique, 1500-1558), Jean Calvin ou Henri II, et rappelle les évènements politiques marquants de l'époque, tels que la constitution de la ville-État de Genève en 1541, ou l'abdication de Charles Quint en 1556.

Au-delà de ces grandes figures historiques, l'auteur s'inspire également de personnages réels mais plus obscurs de l'histoire de France pour en faire des personnages principaux ou secondaires de son roman. Le meilleur exemple est certainement celui de Villegagnon, authentique chevalier de l'ordre de Malte qui, sous la plume de Rufin devient un acteur majeur de l'intrigue et le symbole d'une époque qui oscille entre humanisme et radicalisme religieux.

Un récit pédagogique

De façon pédagogique, l'auteur évoque à travers son roman les aspects les plus marquants du XVIᵉ siècle :

- **les guerres d'Italie.** *Rouge Brésil* aborde les batailles, les protagonistes et l'attraction qu'exerce l'Italie sur les soldats et les mercenaires français, mais aussi les rouages politiques et diplomatiques des États de l'époque, notamment de la république de Venise (à travers le personnage de Cadorim) ;
- **les grandes découvertes.** Le roman évoque les terres connues et inconnues, les méthodes balbutiantes de navigation, le développement

des connaissances scientifiques ou encore l'établissement des comptoirs et les débuts des échanges commerciaux ;

- **l'humanisme.** Ce courant culturel est à la base de l'éducation que reçoit Just qui a lu « tous les ouvrages de la bibliothèque apportée par Villegagnon et se montr[e] capable de raisonner sur les grands sujets du temps » (p. 290). Venu d'Italie et renouant avec la civilisation gréco-romaine (il lit Origène [théologien et écrivain grec, vers 185-vers 253], Platon [philosophe grec, vers 427-vers 347], Érasme [humaniste hollandais, 1469-1536]), il représente l'appétit de savoir qui anime l'élite intellectuelle des XVe et XVIe siècles. Confiants dans les capacités potentiellement illimitées de l'homme, les humanistes considèrent la quête de la connaissance comme nécessaire au bon usage de ses facultés. Ils prônent la vulgarisation de tous les savoirs, la tolérance, l'indépendance et l'ouverture d'esprit ;
- **la Réforme et les guerres de Religion.** Le fort Coligny, avec sa population catholique et protestante, devient une version réduite de ce qu'il se passe en Europe à la même époque et donne une juste idée des débats religieux et

philosophiques qui opposent les deux camps, préfigurant le conflit ouvert qui tournera à l'avantage des catholiques, en possession du pouvoir.

L'auteur aborde donc de nombreux sujets avec pédagogie puisque chaque idée est développée de manière à informer même le plus profane. Le passage concernant la Réforme et les guerres de Religion rend compte de ce phénomène :

> « Elles étaient venues dans cet été béni de 1556, quand parvinrent à l'évêque deux nouvelles. L'une était publique : c'était l'arrivée de François de Guise en Italie, à la tête de treize mille hommes. L'ambition de ce grand capitaine, brûlant du désir de se faire couronner roi de Naples et de mettre son frère sur le trône de Pierre, rompait la trêve européenne. La conséquence, à bref délai, serait la reprise de la guerre entre la France et l'Espagne. » (p. 365)

L'auteur parle ici de la proclamation, en 1557, de François de Guise (l'un des meilleurs capitaines de France sous François Ier [roi de France, 1494-1547] et Henri II, 1520-1563) à la tête d'une armée dans le but de conquérir le royaume de Naples. Il est vrai que la date diffère d'une année, mais le roman stipule son arrivée et non la date de constitution de son armée. Dans cet extrait l'auteur ne se contente pas de citer un évènement historique, il l'explicite. Il informe le lecteur des ambitions de ce grand homme, des conséquences possibles de ses actes.

Les personnages de Just et de Colombe sortent quant à eux tout droit de l'imagination de l'auteur. Ainsi, Jean-Christophe Rufin fait coexister la vérité historique et la fiction en combinant des personnages réels et des héros fictifs, des évènements historiques avérés et des aventures romanesques.

Du particulier au collectif

Généralement, les évènements historiques sont évoqués dans le récit par l'intermédiaire des deux jeunes héros du roman (Just et Colombe). Ainsi, lors de la discussion entre Just et sa tutrice concernant le père des deux enfants, le narrateur apporte une explication sur l'épisode historique lié à la disparition de ce père :

> « L'alliance inattendue que François Ier avait contractée plus de vingt ans auparavant avec

Le lecteur est ainsi mis au courant d'un évènement réel de l'époque. En effet, il s'agit ici d'insérer l'idée que le récit se déroule 20 ans après l'alliance franco-ottomane, établie en 1536. Cette alliance est donc établie entre le roi de France François Ier et le souverain turc Soliman le Magnifique (1520-1566). Cette première capitulation française face à un empire non chrétien est fortement controversée et vue, à l'époque, comme impie.

Just et Colombe ne sont néanmoins pas les seuls personnages permettant d'introduire des éléments historiques dans le récit. Le narrateur informe également le lecteur concernant la guerre vénéto-ottomane (1537-1540) en décrivant le personnage de Villegagnon :

> donné le signal de la retraite, lui, Villegagnon, seul de vingt-deux mille hommes dont quatre cents chevaliers, était retourné planter son épée dans la porte de la ville. Il y avait gagné une arquebusade, un bras gauche mal brisé et des sarcasmes. » (p. 262)

À travers les histoires personnelles de ses personnages romanesques, Jean-Christophe Rufin expose donc des problématiques historiques complexes au lecteur, de façon à inscrire son ouvrage dans une dynamique collective.

UN ROMAN D'INITIATION

Plus qu'un roman historique extrêmement bien documenté, *Rouge Brésil* est un roman d'aventures qui met en scène deux jeunes gens partis en quête d'une grande découverte, comme un rappel de celles qui ont marqué le siècle : celle de leur identité.

Rouge Brésil reprend en effet tous les codes du roman d'initiation, de formation ou d'apprentissage, dans lequel le protagoniste principal se forme et évolue au contact du monde et grâce aux expériences qu'il vit.

Dans ce type de récit, le héros doit, au sortir de l'adolescence, « développer ses possibilités, d'abord par une rupture avec son existence antérieure, puis par un voyage où les rencontres successives (le maitre, l'amour) sont vécues comme un enrichissement » (« Roman de formation », in *Dictionnaire mondial des littératures*). Au terme du récit, le personnage, changé grâce à la « conquête cognitive de [lui-même] » (*ibid.*), trouve sa place dans le monde et la société.

Orphelins, Just et Colombe grandissent seuls, avec pour unique soutien celui qu'ils s'apportent mutuellement. Ne pouvant compter que sur eux-mêmes, l'initiation et la quête d'identité prennent une importance considérable dans leur vie. Ils sont également à la recherche de leurs origines.

Ils sont confrontés malgré eux à de nombreuses épreuves qui leur permettent d'évoluer, d'apprendre et de grandir. Privés de figures paternelle ou maternelle, Just et Colombe se mettent naturellement sous la protection de figures de substitution, qui vont chacune contribuer à leur apprentissage.

Ainsi, avec Villegagnon, Just apprend le maniement des armes, mais également des rudiments d'architecture militaire et de philosophie humaniste.

Quant à Colombe, elle découvre auprès de Pay-Lo la signification des rites indiens et avance dans la compréhension de sa propre nature. Dans les deux cas, ce n'est qu'avec la disparition de leur mentor que les deux adolescents accèdent à un statut d'adulte.

Enfants lors de leur départ, Just et Colombe deviennent par ailleurs, au cours de leur voyage, un homme et une femme adultes. L'évolution de leurs corps est décrite avec précision par le narrateur. Leur maturation, qui se fait au contact d'une nature vierge, sauvage et violente – car inconnue –, est aussi une métaphore puissante de la découverte d'un Nouveau Monde par ces jeunes colons, qui vivent également leurs premiers émois amoureux.

Enfin, c'est surtout la découverte de leur identité propre et leurs choix de vie qui marquent la fin de leur voyage initiatique, et donc du roman.

LE CHOC DES CIVILISATIONS, ENTRE OPPOSITION ET SYNCRÉTISME

Toujours dans « À propos des sources de *Rouge Brésil* », Jean-Christophe Rufin ne fait pas mystère de la motivation essentielle qui a sous-tendu l'écriture de son roman (« J'y ai reconnu le thème qui m'obsède entre tous : celui de la première rencontre entre des civilisations différentes, l'instant de la découverte qui contient en germe toutes les passions et tous les malentendus à naître », p. 597).

En effet, l'entreprise d'un Villegagnon, profondément européen, de coloniser un peuple encore méconnu dans un pays à peine découvert ne peut qu'aboutir au choc de deux civilisations – et à leur confrontation. L'arrivée des colons sur les terres brésiliennes dans une perspective de conquête, d'exploitation et d'assujettissement se solde par une guerre larvée contre les tribus, provoquant l'esclavage et la destruction des ressources naturelles (l'ile sur laquelle est construit le fort est littéralement dévastée).

Des deux côtés, les hommes subissent physique-
ment les conséquences de cette rencontre inédite : les colons meurent de fièvres causées par
un climat qui leur est étranger, et les Indiens sont
décimés par les virus apportés par les porteurs
sains européens.

Il existe néanmoins des alternatives à cette
opposition frontale. D'autres personnages sont
plus nuancés dans leur rapport à cette nouvelle
terre et à ses habitants. Ainsi, Le Freux ou Martin
(de même que certains comptoirs commerciaux
installés) commercent avec les Indiens et en
font même leurs hommes de main, ceux-ci se
révélant d'ailleurs des brigands aussi retors que
les Européens.

Les liens amoureux sont également une façon
comme une autre de mêler les deux cultures :
Quintin tombe amoureux d'une Indienne, et
Paraguaçu, l'amie de Colombe, abandonne les
mœurs polygames des Indiens au profit d'une
union monogame avec un Indien d'une autre
tribu. Pay-Lo est l'exemple le plus flagrant de
la possibilité de cohabitation, et de la capacité
des deux cultures à tenter, par une connaissance
mutuelle, de tirer le meilleur l'une de l'autre. Just

et Colombe, quant à eux, vont réussir à réaliser le parfait syncrétisme entre les cultures de la vieille Europe et du Nouveau Monde.

Par ses va-et-vient entre l'ile et le continent, entre les colons et les tribus indiennes, Colombe abandonne la première ses repères européens pour embrasser la vie sauvage. Toutefois, elle s'oriente vers une troisième voie inédite puisque, en tant que femme, elle devient chasseuse et cheffe de tribu, et puisqu'elle n'entend pas tout accepter des mœurs indiennes. Pétri des idéaux chevaleresques et des savoir-faire militaires européens, Just permet à Colombe de mettre sur pied une véritable union indienne s'opposant aux colonisateurs (« donner aux Indiens le savoir-faire nécessaire à armes égales à ceux qui prétendraient les soumettre », p. 592).

Enfin, pour l'auteur, la rencontre de ces deux civilisations est une métaphore de l'amour : « Elle s'apparente à l'élan amoureux qui peut saisir deux êtres lorsqu'ils sont mis en présence pour la première fois. » (p. 598)

LE CLIMAT INCESTUEL

L'impression d'un amour incestueux est une thématique qui transparait tout au long du récit.

En effet, dès le départ, des scènes de tendresse entre Just et Colombe sont décrites : « Just, un bisac sur les genoux, se tenait contre Colombe, le bras passé autour de son cou. » (p. 55) Les deux enfants sont inséparables, ils ne peuvent vivre l'un sans l'autre : « Il était épouvanté de voir sa moitié de vie vaciller comme une flamme de chandelle. » (p. 45) De la jalousie, sentiment lié à celui de l'amour, se fait même ressentir entre eux : « C'était une bonne nouvelle mais Colombe ressentit une pointe de désagrément à l'évocation de cette proximité. » (p. 112) La jeune fille avouera même son désir envers son frère à son amie Paraguaçu.

La proximité au sein de cette fratrie, renforcée par l'abandon de leurs parents, est floue et ambigüe. En réalité, il ne s'agit pas clairement d'inceste, puisque les deux jeunes gens ne passeront pas à l'acte avant que l'interdit ne soit levé. De plus, ils ne sont pas véritablement frères et sœurs.

Le climat qui marque la période durant laquelle ils se considèrent comme frères et sœurs peut alors être qualifié d'« incestuel », terme élaboré par Paul-Claude Racamier (psychiatre et psychanalyste français, 1924-1996). L'incestuel est ce qui se situe entre l'inceste fantasmé et l'inceste accompli. En effet, Just et Colombe aiment se toucher, dorment côte à côte durant la traversée de la mer jusqu'au Brésil et ressentent même une gêne due à leur puberté : « Just la fixait toujours intensément. Il la voyait changée, lisse, douce, tendue, la gorge formée, la beauté délivrée de ses limbes d'enfance. » (p. 225-226)

Bien qu'il ne s'agisse pas d'inceste, le climat incestuel est donc bien présent entre Just et Colombe. Cette thématique trouve sa place dans le roman puisqu'elle définit l'intrigue amoureuse entre les deux jeunes gens. Le lecteur ne peut que se poser la question : l'affection qu'éprouvent les deux enfants l'un envers l'autre est-elle liée à des sentiments qui dépassent l'amour familial ?

Cette supposition se confirme à la fin de l'histoire lorsque les deux personnages découvrent qu'ils n'ont pas de liens de parenté et qu'ils décident de vivre leur romance : « Colombe tendit la main vers Just et saisit ses cheveux. Il se pencha pour l'embrasser. » (p. 540)

Ainsi, le roman de Jean-Christophe Ruffin, sur toile de fond historique, est également un récit de formation. Just et Colombe, dont l'amour éclate au grand jour à la fin de l'histoire, sont deux personnages entièrement fictifs qui nous mènent au cœur de l'époque troublée du XVIe siècle. Si la vision livrée des évènements historiques est intrinsèquement liée à la fiction, elle ne reste pas moins pédagogique puisque chaque épisode est relaté de la manière la plus significative possible.

PISTES DE RÉFLEXION

QUELQUES QUESTIONS POUR APPROFONDIR SA RÉFLEXION...

- Étudiez les passages décrivant Colombe et Aude. Comment l'auteur parvient-il à rendre les différences qui séparent ces deux femmes ? Que symbolisent-elles l'une et l'autre ? Quel choix fait Just en choisissant Colombe ?
- Étudiez les personnages de Villegagnon et de Pay-Lo. Relevez les passages les décrivant et ceux témoignant de leur rapport avec la population qu'ils dirigent. Quels sont les enseignements qu'ils transmettent respectivement à Just et à Colombe ?
- Le choc entre les civilisations est flagrant dans le roman. Quelles en sont les conséquences ? Quelle solution originale est amenée par le personnage de Colombe pour éviter les tensions entre colons et Indiens ?
- Les deux adolescents vivent-ils la rupture avec le monde connu de la même manière ? Expliquez.

- En quoi le récit historique dans *Rouge Brésil* peut-il être qualifié de subjectif ?
- Le titre du roman, *Rouge Brésil*, fait référence au bois Brésil exploité sur ces terres. Peut-on comprendre ce titre autrement ? À quoi le rouge fait-il également référence ?
- Comparez *Rouge Brésil* et *Paul et Virginie* (1788) de Bernardin de Saint-Pierre (écrivain français, 1737-1814), notamment en ce qui concerne l'évolution et les rapports entre les personnages. Quelles différences et quelles ressemblances relevez-vous entre ces deux romans ?
- Sur l'ile se crée un microcosme de la France du XVIe siècle. Quelles sont les forces en puissance ? Que peut-on en conclure sur l'avenir de l'ile et celui de la France ?
- Montaigne (écrivain français, 1533-1592) s'inspire de l'ouvrage de Jean de Léry pour écrire son essai sur les cannibales (Livre I, chapitre XXX des *Essais* [1580]). Ce faisant, il est le premier à modifier la vision qu'a l'Europe de ceux que l'on qualifie de « sauvages », argüant que « chacun appelle barbarie ce qui n'est pas de son usage ». En vous appuyant sur des passages de *Rouge Brésil*, établissez la position de Jean-Christophe Rufin sur la notion de « sauvages ».

- L'adaptation cinématographique de *Rouge Brésil* produite par Sylvain Archambault évoque-t-elle de la même manière les faits historiques qui se jouent tout au long du récit ? Le roman mentionne la Réforme ainsi que plusieurs évènements majeurs de façon pédagogique, est-ce le cas de son adaptation ?

Votre avis nous intéresse !
Laissez un commentaire sur le site de votre
librairie en ligne
et partagez vos coups de cœur sur les réseaux
sociaux !

POUR ALLER PLUS LOIN

ÉDITION DE RÉFÉRENCE

- RUFIN J.-C., *Rouge Brésil*, Paris, Gallimard, coll. « Folio », 2003.

ÉTUDE DE RÉFÉRENCE

- « Roman de formation », in *Dictionnaire mondial des littératures*, consulté le 13 octobre 2017. http://www.larousse.fr/archives/litterature/page/139#t171682

ADAPTATION

- *Rouge Brésil*, téléfilm de Sylvain Archambault, avec Stellan Skarsgård, Théo Frilet et Juliette Lamboley, Canada, Brésil, France, 2012

SUR LEPETITLITTÉRAIRE.FR

- Fiche de lecture de *Check-point* de Jean-Christophe Rufin

Retrouvez notre offre complète sur lePetitLittéraire.fr

- des fiches de lectures
- des commentaires littéraires
- des questionnaires de lecture
- des résumés

ANOUILH
- Antigone

AUSTEN
- Orgueil et Préjugés

BALZAC
- Eugénie Grandet
- Le Père Goriot
- Illusions perdues

BARJAVEL
- La Nuit des temps

BEAUMARCHAIS
- Le Mariage de Figaro

BECKETT
- En attendant Godot

BRETON
- Nadja

CAMUS
- La Peste
- Les Justes
- L'Étranger

CARRÈRE
- Limonov

CÉLINE
- Voyage au bout de la nuit

CERVANTÈS
- Don Quichotte de la Manche

CHATEAUBRIAND
- Mémoires d'outre-tombe

CHODERLOS DE LACLOS
- Les Liaisons dangereuses

CHRÉTIEN DE TROYES
- Yvain ou le Chevalier au lion

CHRISTIE
- Dix Petits Nègres

CLAUDEL
- La Petite Fille de Monsieur Linh
- Le Rapport de Brodeck

COELHO
- L'Alchimiste

CONAN DOYLE
- Le Chien des Baskerville

DAI SIJIE
- Balzac et la Petite Tailleuse chinoise

DE GAULLE
- Mémoires de guerre III. Le Salut. 1944-1946

DE VIGAN
- No et moi

DICKER
- La Vérité sur l'affaire Harry Quebert

DIDEROT
- Supplément au Voyage de Bougainville

DUMAS
- Les Trois
  Mousquetaires

ÉNARD
- Parlez-leur
  de batailles,
  de rois et
  d'éléphants

FERRARI
- Le Sermon sur la
  chute de Rome

FLAUBERT
- Madame Bovary

FRANK
- Journal
  d'Anne Frank

FRED VARGAS
- Pars vite et
  reviens tard

GARY
- La Vie devant soi

GAUDÉ
- La Mort du
  roi Tsongor
- Le Soleil des
  Scorta

GAUTIER
- La Morte
  amoureuse
- Le Capitaine
  Fracasse

GAVALDA
- 35 kilos d'espoir

GIDE
- Les
  Faux-Monnayeurs

GIONO
- Le Grand
  Troupeau
- Le Hussard
  sur le toit

GIRAUDOUX
- La guerre de
  Troie
  n'aura pas lieu

GOLDING
- Sa Majesté des
  Mouches

GRIMBERT
- Un secret

HEMINGWAY
- Le Vieil Homme
  et la Mer

HESSEL
- Indignez-vous !

HOMÈRE
- L'Odyssée

HUGO
- Le Dernier Jour
  d'un condamné
- Les Misérables
- Notre-Dame
  de Paris

HUXLEY
- Le Meilleur
  des mondes

IONESCO
- Rhinocéros
- La Cantatrice
  chauve

JARY
- Ubu roi

JENNI
- L'Art français
  de la guerre

JOFFO
- Un sac de billes

KAFKA
- La Métamorphose

KEROUAC
- Sur la route

KESSEL
- Le Lion

LARSSON
- Millenium I. Les
  hommes qui
  n'aimaient pas
  les femmes

LE CLÉZIO
- Mondo

LEVI
- Si c'est un
  homme

LEVY
- Et si c'était vrai...

MAALOUF
- Léon l'Africain

MALRAUX
- La Condition humaine

MARIVAUX
- La Double Inconstance
- Le Jeu de l'amour et du hasard

MARTINEZ
- Du domaine des murmures

MAUPASSANT
- Boule de suif
- Le Horla
- Une vie

MAURIAC
- Le Nœud de vipères

MAURIAC
- Le Sagouin

MÉRIMÉE
- Tamango
- Colomba

MERLE
- La mort est mon métier

MOLIÈRE
- Le Misanthrope
- L'Avare
- Le Bourgeois gentilhomme

MONTAIGNE
- Essais

MORPURGO
- Le Roi Arthur

MUSSET
- Lorenzaccio

MUSSO
- Que serais-je sans toi ?

NOTHOMB
- Stupeur et Tremblements

ORWELL
- La Ferme des animaux
- 1984

PAGNOL
- La Gloire de mon père

PANCOL
- Les Yeux jaunes des crocodiles

PASCAL
- Pensées

PENNAC
- Au bonheur des ogres

POE
- La Chute de la maison Usher

PROUST
- Du côté de chez Swann

QUENEAU
- Zazie dans le métro

QUIGNARD
- Tous les matins du monde

RABELAIS
- Gargantua

RACINE
- Andromaque
- Britannicus
- Phèdre

ROUSSEAU
- Confessions

ROSTAND
- Cyrano de Bergerac

ROWLING
- Harry Potter à l'école des sorciers

SAINT-EXUPÉRY
- Le Petit Prince
- Vol de nuit

SARTRE
- Huis clos
- La Nausée
- Les Mouches

SCHLINK
- Le Liseur

SCHMITT
- La Part de l'autre
- Oscar et la
  Dame rose

SEPULVEDA
- Le Vieux qui
  lisait des romans
  d'amour

SHAKESPEARE
- Roméo et Juliette

SIMENON
- Le Chien jaune

STEEMAN
- L'Assassin
  habite au 21

STEINBECK
- Des souris et
  des hommes

STENDHAL
- Le Rouge et
  le Noir

STEVENSON
- L'Île au trésor

SÜSKIND
- Le Parfum

TOLSTOÏ
- Anna Karénine

TOURNIER
- Vendredi ou
  la Vie sauvage

TOUSSAINT
- Fuir

UHLMAN
- L'Ami retrouvé

VERNE
- Le Tour
  du monde
  en 80 jours
- Vingt mille
  lieues sous
  les mers
- Voyage au
  centre de
  la terre

VIAN
- L'Écume des jours

VOLTAIRE
- Candide

WELLS
- La Guerre des
  mondes

YOURCENAR
- Mémoires
  d'Hadrien

ZOLA
- Au bonheur
  des dames
- L'Assommoir
- Germinal

ZWEIG
- Le Joueur
  d'échecs

ISBN version numérique : 978-2-8062-5880-9
ISBN version papier : 978-2-8062-5894-6
Dépôt légal : D/2017/12603/866

Avec la collaboration de Marie-Sophie Wauquez pour les chapitres « Du particulier au collectif » et « Le climat incestuel ».

Conception numérique : Primento, le partenaire numérique des éditeurs.

Ce titre a été réalisé avec le soutien de la Fédération Wallonie-Bruxelles, Service général des Lettres et du Livre.

Made in the USA
Monee, IL
07 July 2026